A terceira margem da folha

Editora Appris Ltda.
1.ª Edição - Copyright© 2024 do autor
Direitos de Edição Reservados à Editora Appris Ltda.

Nenhuma parte desta obra poderá ser utilizada indevidamente, sem estar de acordo com a Lei n° 9.610/98. Se incorreções forem encontradas, serão de exclusiva responsabilidade de seus organizadores. Foi realizado o Depósito Legal na Fundação Biblioteca Nacional, de acordo com as Leis n°s 10.994, de 14/12/2004, e 12.192, de 14/01/2010.

Catalogação na Fonte
Elaborado por: Josefina A. S. Guedes
Bibliotecária CRB 9/870

A662t 2024	Arantes, Thiago A terceira margem da folha / Thiago Arantes. 1 ed. – Curitiba : Appris, 2024. 100 p. ; 21 cm. ISBN 978-65-250-5152-9 1. Ficção fantástica brasileira. 2. Contos brasileiros. 3. Realismo na literatura. I. Título. CDD – B869.3

Editora e Livraria Appris Ltda.
Av. Manoel Ribas, 2265 – Mercês
Curitiba/PR – CEP: 80810-002
Tel. (41) 3156 - 4731
www.editoraappris.com.br

Printed in Brazil
Impresso no Brasil

Thiago Arantes

A terceira margem da folha

FICHA TÉCNICA

EDITORIAL	Augusto Coelho
	Sara C. de Andrade Coelho
COMITÊ EDITORIAL	Marli Caetano
	Andréa Barbosa Gouveia (UFPR)
	Jacques de Lima Ferreira (UP)
	Marilda Aparecida Behrens (PUCPR)
	Ana El Achkar (UNIVERSO/RJ)
	Conrado Moreira Mendes (PUC-MG)
	Eliete Correia dos Santos (UEPB)
	Fabiano Santos (UERJ/IESP)
	Francinete Fernandes de Sousa (UEPB)
	Francisco Carlos Duarte (PUCPR)
	Francisco de Assis (Fiam-Faam, SP, Brasil)
	Juliana Reichert Assunção Tonelli (UEL)
	Maria Aparecida Barbosa (USP)
	Maria Helena Zamora (PUC-Rio)
	Maria Margarida de Andrade (Umack)
	Roque Ismael da Costa Güllich (UFFS)
	Toni Reis (UFPR)
	Valdomiro de Oliveira (UFPR)
	Valério Brusamolin (IFPR)
SUPERVISOR DA PRODUÇÃO	Renata Cristina Lopes Miccelli
ASSESSORIA EDITORIAL	Miriam Gomes de Freitas
REVISÃO	Andrea Bassoto Gatto
DIAGRAMAÇÃO	Renata Cristina Lopes Miccelli
CAPA	Eneo Lage
REVISÃO DE PROVA	Jibril Keddeh

Para os Avôhais, **Nêgo Moreira** *e* **Terezinha***,*
que me contavam as melhores estórias.

Para **Clara***,*
que gosta de ler estórias.

Para **Mia Couto***,*
que hoje me conta as melhores estórias.

AGRADECIMENTOS

Àqueles que, conhecendo meus sonhos, embalaram-nos como filhos seus (porque o são, na verdade) – meus pais, **Mauro** e **Fátima**, e minha esposa, **Lorenna**.

A **Jô Drummond**, que gentilmente aceitou o convite para escrever o Prefácio deste livro, acolhendo-o, inicialmente, por um amor comum a Guimarães Rosa, que acabou por ele entrando nas águas do rio desta obra.

A todos que vieram antes, abrindo o caminho pelo Mar das Letras, bússolas redentoras do meu navegar por essas águas, que me levaram a mundos, territórios e situações jamais conhecidos outrora – vocês são a aurora para o céu escuro deste autor.

"Pai, o senhor está velho, já fez o seu tanto... Agora, o senhor vem, não carece mais... O senhor vem, e eu, agora mesmo, quando que seja, a ambas as vontades, eu tomo o seu lugar, do senhor, na canoa!..." E, assim dizendo, meu coração bateu no compasso do mais certo.

(A terceira margem do rio – Guimarães Rosa)

PREFÁCIO

O enigma da terceira margem

A terceira margem da folha é o livro de estreia do patense Thiago Arantes, que faz sua entrada no mundo literário em grande estilo. O título da obra é uma clara homenagem ao escritor mineiro Guimarães Rosa, cuja obra-prima, na modalidade do conto, intitula-se *A terceira margem do rio* (1962).

O conto de Rosa narra a história de um pai, aparentemente normal, que manda construir para si uma pequena canoa de madeira durável. Sem nada dizer, põe-se a remar, rio abaixo, rio acima, num eterno ir e vir. A estranheza do fato estarreceu toda a gente que, em vão, tentava explicar o inexplicável. Devido ao caráter instigante e misterioso do texto, muitos estudiosos debruçam-se sobre ele em busca da terceira margem, ou seja, tentando decifrar o indecifrável enigma do canoeiro. Os leitores sentem-se atraídos pelo desafio desse texto intrigante. No entanto, o enunciado não lhes permite ir além de conjecturas.

O conto "A terceira margem da folha", tal qual o de G. Rosa, é também narrado pelo filho. *"Certo dia, meu pai deu para escrever. Trancou-se no quarto de cima, talvez para ter vista melhor da vida"*. A família chamava-o, esperava resposta, mas só ouvia o som das teclas. *"Só executava esse invento de permanecer entre as margens das folhas, sem delas nunca mais sair"*.

Vejamos uma síntese da fabulação com as próprias palavras do autor: *"Nunca saía do quarto, nem para tomar fôlego, nem de dia, nem de noite, solto e solitário entre o abecedário [...] O que encucava era como suportava a solidão das teclas; ou seriam elas companhia? [...] E o tempo corria com os números – e ele sem fazer conta do viver [...] O que ele escrevia? Quantas folhas tinha? Biografia de uma vida mal escrita? Contos fantásticos? De quem? Ou como? Ele, que nunca deu sinal de sabedença de letras".* No entanto, ao ser encontrado morto, havia uma só folha em branco. Não havia outras folhas no recinto. *"Estava morto e quase morro de espanto porque vi sua alma alva levantar da cadeira, abrir a janela e, sem aceno, nadar no infinito [...] Era essa a herança que me cabia? Uma folha em branco? Levantei como rinoceronte. Tirei a folha da máquina. Amassei como se tivesse martelo nos dedos. Tropecei em tantos Porquês que meus dedos sangraram. Tranquei a porta e engoli a chave [...] meu pai permaneceu na Terceira Margem da Folha, além da frente e do verso, perdido no tempo das rimas imateriais".*

A meu ver, o melhor conto de Thiago é justamente este que dá título à obra. Trata-se de um elaborado pastiche em homenagem a Guimarães Rosa, no qual o autor imita o maneirismo rosiano sem intenção de fazer plágio, sátira, ironia ou caricatura. Este conto é um trabalho magistral em homenagem ao nosso grande mestre.

A insensatez de uma terceira margem do rio está em perfeita consonância com os contos do jovem escritor Thiago Arantes, que primam pelo realismo fantástico. O autor incorpora elementos extraordinários à realidade objetiva, criando uma natural coexistência entre eles. O pai, ao ir à procura da terceira margem da folha, busca o desconhecido dentro de si mesmo, tal qual o menino Santiago, personagem do conto "Procura", que busca no escuro seu futuro, *"[...] feito gente que ainda não é. Feito burro esperando modelo"* e cujos pés *"têm raízes profundas na areia da dúvida".*

O isolamento de ambos os pais, o canoeiro e o escritor, talvez seja a única maneira encontrada para procurar entender os mistérios da alma, o incompreensível da vida. Thiago escreve poeticamente sobre tais mistérios, com uma linguagem riquíssima em figura de estilo. Vejamos alguns excertos do conto "Tratado do tempo", cujo protagonista isola-se do mundo: "*Sendo sozinho [...] trancou-se em cadeado no meio do nada [...] fez paredes contra o mundo. [...] A companhia só do riacho, que não sabia se corria para cima ou para baixo. O tempo ali não fez morada [...] O seu próprio nome esquecera ou o matara. [...]. Deixou a colmeia humana com o propósito, depósito, de fé. De encontrar, a pé, a caminhada para o trecho de vida que lhe pertencia*".

Thiago Arantes lança mão do realismo fantástico ao misturar elementos sobrenaturais ou mágicos com situações do dia a dia do mundo real. O *nonsense* das realidades gera certa estranheza e um clima de mistério. Isso é feito de maneira muito bem-elaborada, com a utilização de figuras de estilo, sobretudo de figuras de som ou de harmonia, o que valoriza a expressividade do texto por meio da sonoridade, ou seja, pelas repetições de fonemas consonantais e vocálicos.

O conto "Aliteração" prima por esse recurso linguístico: "*Sentei sentindo pressentimentos [...] quem me dera saber se sábio ou assecla de estranha seita. Estava sério, sentado em banco próximo, como se soubesse [...] uma turba de ideias turvava a visão, um turbilhão [...] vidas divididas entre as dúvidas e as dívidas*". Esse conto inicia-se com uma frase sonora, repetida diversas vezes ao longo da narrativa. "*Meu nome, esqueci no banco de uma praça, sem graça. Não tinha pássaros, não tinha passos.*".

No texto "O engasgo", o bebê não chorou, ao nascer "*[...] sentenciou o médico ao ver que respirava: 'Ou é Mudo ou Conformado'*" (assertiva repetida diversas vezes ao longo do conto). Na fase escolar, o protagonista era aluno brilhante. Gostava de escrever. Escrevia muito, "*até sangrarem as mãos*", "*páginas em branco escritas pelo silêncio*". No entanto, não se comunicava oralmente: não perguntava, não questionava, não fazia amizades, pois tudo dependia da fala.

Certo dia começou a regurgitar pedaços de papel *"enlameados de sangue"*. Folhas inteiras foram puxadas de sua garganta. Morreu engasgado com a última folha, grossa como um livro, na qual se dirigia ao pai: *"Eu não sou você, mas também não tive forças para ser Eu mesmo. Eu, navegante das palavras, nunca achei um porto sequer para descê-las à terra".*

Nessa curta apresentação de alguns contos, fiz questão de mesclar grande quantidade de excertos do livro mencionado, para que o leitor conheça, de antemão, a altíssima qualidade literária de um escritor estreante, que promete grande futuro literário.

Deixo a você, leitor, o prazer da fruição dos demais contos: "Azul poesia", e "Tratado do tempo", "Sete lenços", *"Causa Mortis"*, "Sentir faz sentido", "Deserto dentro de mim", "Pés de Barro" e "O jogo das culpas". Boa Leitura!

Jô Drumond
Escritora patense radicada no ES
Tradutora
PHD em Literatura Comparada

PRECE DE APRESENTAÇÃO

Estranho sucedido, espanto desmedido das coisas que habitam os mundos humanos, *"Tudo é Divino, Tudo é MARAVILHOSO"*, basta-nos olhar com os corretos olhos para ele encontrar. Seus povos: corpos, sangue e ossos, rígidos na matéria bruta, nesses mundos humanos, retos, namorados da razão, regidos pelas leis instransponíveis em que foi erguido, em que o fantástico é a exceção nos vídeos da televisão ou nas páginas de um livro. Esse seria o seu destino? Onde estará, Senhor, o brilho do inexplicável que colore, como tinta de poesia, a vida vivida entre a jornada diária?

Seria a vida mágica por si só? Essa pergunta-sentença, para quantos se pareça um clichê, depende do olho que a vê, a vida. Se não usasse esses óculos não teria escrito estas linhas. Porque acredito ou vejo, ou vejo porque acredito, que, na vida, essa vida de todos nós, há um precipício sem fim, que devemos olhar, da beirada, sem medo da queda, sem medo de nada, onde, quando se joga, flutua-se.

Existem céus de mar e águas onde as nuvens navegam. Existe um país, escondido, onde os bichos conversam entre si e usam chapéus e relógios de bolso. Eu sei porque estive andando por eles, até ser catapultado de volta, de forma súbita e violenta; de que forma, não sei nem quero saber. É quando escrevo sobre eles. Entretanto (e como é importante para mim essa conjunção adversativa aqui, agora), eu sempre retorno.

Ali, bebi chá com Júlio Verne, Gabo, Córtazar, J. L. Borges, Llosa, Mia Couto, Murilo Rubião, Kafka e outros ainda não lidos. Os que já deixaram suas vestes humanas, mudaram-se permanentemente para lá; os que, como eu, ainda levam essa vida dupla, pegam visto de seis meses que duram a vida toda.

Não, não há comparativos aqui entre minhas linhas e as desses grandes mestres. Há homenagens, gratidão aos que me deram a mão, aos que deixaram a pista do mudar do cursor da vista para encontrar esses mundos.

Casa é onde estamos à vontade. Eu construí a minha ali, entre o real e mágico, o cômico e o trágico, entre a força de saber frágil gente e um super-herói com poderes impensáveis para os catedráticos da lógica, os desprovidos de sonho. Como um sol poente que sempre volta para nascer de novo, eu retorno às teclas, hoje sem o barulho charmoso das pesadas máquinas de outrora, de onde brotaram tantos impossíveis, para construir a minha casa, que outros visitarão.

Senhor do Fantástico, permita que nunca perca o Espanto, esse espanto que Ferreira Gullar bebeu em assombro. E permita ainda, Senhor, que eu nunca esteja preparado para a escrita, nunca! Que ela me pegue na rua, a 120 km/hora, e que me quebre inteiro, deixe-me trêmulo. Permita, Senhor, que minhas mãos estejam completamente trêmulas ao escrever, ensanguentadas do espanto; que parem, igualmente ensanguentadas, as linhas que trago desses outros mundos...

O Imaginário é a maior Força da Vida.

O autor

INDÍCIO DE ÍNDICE

I
AZUL POESIA 19

II
TRATADO DO TEMPO 27

III
A TERCEIRA MARGEM DA FOLHA 33

IV
PROCURA 41

V
SETE LENÇOS 47

VI
CAUSA MORTIS 53

VII
ALITERAÇÕES 59

VIII
SENTIR FAZ SENTIDO 65

IX
ENGASGO 73

X
DESERTO DENTRO DE MIM 81

XI
PÉS DE BARRO 87

XII
O JOGO DAS CULPAS 93

Quando nasceu, um anjo tomou-o em seus braços e pingou uma gota de poesia dentro do seu olho esquerdo. Quando ia repetir o processo no outro olho, os barulhos dos chinelos serpenteando pelo piso de madeira fê-lo bater suas asas, ao que parece, deixando a obra divina incompleta. Ao que parece.

A mãe nada assistiu com os olhos da matéria, mas viu o filho vestido de sorriso sem medida de dente, sem medida de gente, e pressentiu tristezas ao pequeno, porque o mundo, quando muito, não era para as pessoas lavadas em esperança. Azulou-se a vista. Só o pintado. O destro mantinha a cor de nascimento.

O menino era, realmente, diferente. E o advérbio--profecia parecia contar seu divinamento ao desdobrar-se, como a visão do garoto, em Real e Mente. Era assim: no olho direito via o mundo como era, escravo da matéria, e o esquerdo, na outra banda da lente latente, pintava em imaginário e som as coisas da vida. Como Yin e Yang, par em dança, os olhos viam a mesma coisa, mas sentiam diferente. Benção ou Desbenção? Não importava... A cruz é dada assim, no nascer, e felizes os que a carregam sem gemer. Quando seu pai resolveu ser morto, por exemplo, tapava o olho esquerdo e via só água desconsolada e desespero. Então punha a pequena mão no olho direito e enxergava, no olhar de sua mãe, o amor da despedida, da saudade que dói, mas lapida, mais sereno e grato pela vida até ali vivida. Até seu pai, encaixotado, parecia resignado com o tempo dado por Deus a ele. Passou o resto do velamento tapando o olho direito porque era a lembrança-herança que realmente lhe pertencia.

A familiagem nunca compreendeu sua forma de ver os viventes e as vivências. Suas narrativas das coisas eram sempre permeadas de pormenores coloridos, e mesmo num grito dizia haver alguma canção. Julgaram-no, porque é isso que sobra aos descompreendidos das razões de cada um; meio aluado, deixavam num canto, às vezes o ouviam com espanto, quando disse, por exemplo, com a segurança própria de quem relata verdades, ver o trenó do Papai Noel sobre o poste da rua na noite de Natal.

Ocorre que como as mães sempre têm razão, do lado de fora da porta da casa o mundo é mais cético dessas coisas celestes e não demorou muito para que a vista lhe trouxesse visitas indesejadas. Na escola era sentenciado e executado publicamente todos os dias. Definitivamente, o mundo não está pronto para o diferente.

Um dia, a maldade visitou-o com tempo e bagagem... O colega mais carente e, portanto, valente, tinha em suas mãos uma atiradeira de pedras tristes. Mirava em um pardal quando foi interrompido pelo garoto. Disse: "Não faça isso. Veja como é colorido e canta. É pedaço de Deus com penas". O assassino deixou a mira para rir, enquanto sua mão pousava sem carinho na cabeça do garoto. "És aluado mesmo! É um pardal! Chegou nesta terra sem ser convidado e vive apenas a cagar nos carros".

Levantou a besta bélica. Puxou os elásticos como Hércules desviava rios. E o pequeno pedaço da terra, em velocidade e força, não encontrou seu objetivo, porque a mão do garoto interrompera-lhe o curso. A dor foi instantânea, como a reação dos brutos. Segurou-lhe pela roupa gasta sem se importar com as lágrimas e exigiu-lhe explicação antes do corretivo prometido.

Com a calma dos puros, contou-lhe sobre seus olhos, suas visões de mundo, o adorno do mistério, que tanto o fazia travesso e, ao mesmo tempo, sério, nos dois olhares complementares. Mais benção do que maldição, acreditava. Mais criatividade do que exatidão, acreditava. Mais anjo do que gente, acreditava. Mais comunhão do que crente, acreditava.

O ofensor não encenou riso nem descrença. Meditou a maldade para moldá-la na carne. "Escolha um dos olhos como herança". A resposta foi imediata: "O Esquerdo. Deixa-me o esquerdo". E na contramão do avençado, foi socado trinta e três vezes o olho que pediu para deixar intacto...

O garoto enterrou sua suave visão. A cortina de pele ainda ficou aberta, os cílios colados, mas a retina, antes coroada em santa sina, não mais brilhava a poesia e, no simbolismo máximo de sua benção, nunca mais havia chorado por aquele olho.

O garoto demorou a lembrar o calor do asfalto e o sacolejo dos ônibus. E demorou ainda mais, quase cem eternidades, para acostumar-se com mundo arranhando em cinza. O mundo não andava direito pelo seu olho direito. Cinza. Só as manchetes eram vermelhas. Vestiu-se de advogado, homem de reuniões e prazos, e a gravata sufocava ainda mais a memória do menino que um dia via animais nas nuvens do céu. Muitas vezes pensava: "Prefiro ser cego", mas a blasfêmia logo tropeçava no pedido de perdão.

Um dia, quando o cansaço calcificava o otimismo, sentindo-se bêbado nas vias da vida, surpreso, viu que o olho d'água minava nascente em seus dois globos. Sim, o da vista esquerda chorava depois de anos e essa era uma novidade recém-nascida em frescor e espanto. "Choro pelos dois olhos! O morto e o vivo!". E, do nada, de onde vêm e vão as criaturas celestes, o anjo apareceu em névoa de piedade:

— Você! Por que a demora?

— Venho em boa hora: quando é preciso.

— O que traz é benção?

— Nada que necessite explicação.

— Então vai pingar poesia no olho que me sobra?

— A redenção não cabe a mim. Só trago as chaves. Abra a janela para o jardim.

O garoto não compreendia, mas atendeu: era pedido de anjo.

— Aquele pássaro é como o que salvastes. Como o vê?

A descrença gaguejava sua garganta... "É só um pardal. Marrom. Não canta".

— Não! Você pode ver?

—Não... É o que listei para ti agora. Marrom, não canta.

— A poesia não está no olho, mas na vista. Esteve sempre aí. Você que a colocou na gaiola. Você pode ver?

O tempo congelou-se como quadro. As pessoas, os carros, o barulho, tudo estático, como espectadores da cena. De longe parecia que o pássaro olhava para dentro dos olhos da alma e, como todas as coisas mágicas da vida, ele levantou voo, plainou até o garoto e entrou como um rojão em seu peito, a esperança em penas. Assustou-se com calma enquanto tudo voltava ao seu curso. Não havia anjo na sala, mas no jardim o pardal estava no mesmo local, colorido em roxo, cantando a ponto de colocar sabiá no bolso.

Era por dever de ser, qualquer coisa sendo. Sendo sozinho, deslinguado, trancou-se em cadeado no meio do nada. Pôs palha e do barro fez paredes contra o mundo. Diziam-na tumba, ele, casa. A companhia só do riacho, que não sabia se corria para cima ou para baixo. O tempo ali não fez morada. Não que se saiba. Não que quisesse saber-se dele ou de si mesmo. O seu próprio nome esquecera ou o matara. A estranha inconsciência de não se saber, nem dos pares em suas vidas ímpares.

Dizem que se foi quando ainda semente de gente. Inquietavam-no as melhores perguntas: as que não têm respostas fáceis. E essas nunca se apresentavam ou apareciam disfarçadas da razão, que não lhes vestia bem. Deixou a colmeia humana com o propósito, depósito, de fé. De encontrar, a pé, a caminhada para o trecho de vida que lhe pertencia.

Não parecia estar ali, entre os homens. Reclamava silêncio. E estava disposto a pagar o preço para asserenar as trovoadas que viviam a reverberar em sua cabeça... Os raios que não o deixavam dormir... Filosofia da insônia de quem sonha acordado. Sim, partir era comando. Queria ser mestre de si.

Procurou santificação nos mosteiros, ritualizou-se, mas pouco se divinou. Pagou para ser pagão e nem os bêbados com óculos de intelectuais socorreram-no do sangramento interior. Um hemofílico da dor da procura, sem cura. Sem cura...

Putas tristes e pecadores nada disseram.

Estatísticas e o acaso, casos perdidos.

Mendigos e catedráticos, patéticos em forma e conteúdo.

Um dia, de sentir, desistiu, e anoiteceu calado nesse casulo que construiu nos confins do mundo. Não mais sabia quem e quando e todo ponto de interrogação foi se tornando reticências. O silêncio, um bom professor e já pouco importava para qual lado o riacho corria. Era água, tal qual água da barriga, em que nada pequena gente. Dava vida. E isso não carecia de maiores minhocamentos da mente. Dele não exigia qualquer explicação.

Vivia de dia. À noite, asserenava com o sereno na cadeira improvisada entre as raízes de árvore, contemplando, com um formigueiro de anos, a mesma paisagem, que sempre parecia mostrar-lhe algo diferente. Entrava para o casebre e contava os passos até o feno no chão, colocava seus sonhos para dormir e, no escuro, via para além de si.

Acordou de sobressalto. Seria um trovão? Não. Pela primeira vez desde que não se sabe quando, alguém batia na porta improvisada de pedaços de madeira. Na verdade, quem quer que fosse; poderia abri-la ainda que descalço de músculo. Mas queria, do dono, algum tipo de benção para fazer-se visita.

— Quem chama?
— Sou o Tempo.
— Tem quanto tempo que estás aí fora?
— Desde que chegastes aqui.
— Porque nunca lhe vi?
— Por que não era hora.
— Vá se embora, não conto contigo.
— Vou-me num momento, mas deixo encomenda.
— Faça como quiser, mas não sou dado a prendas.

O Tempo partiu, e só no outro dia, abriu com cuidado a porta e viu no canto um embrulho. Não que fosse descaso, mas mastigou um tempo ruminando confabulamentos. Abriu sem assalto de novidade, como se novidade não fosse. Era um espelho.

Tomou em seus braços magros e na última luz do dia viu-se como a muito não se via. Havia um velho refletido. Rugas fazendo covas fundas na testa desnuda. Quem seria aquele? O jovem que um dia partiu atrás de respostas? Talvez sim, mas era outro ele. Manso e pacificado, e mesmo velho e enferrujado não deixou de sorrir, porque o Tempo é senhor de si. Deixou-o sem muito cuidado e procurou o abrigo do feno, mais vagoroso, em seu termo. Pensou antes de navegar pelos mares de Orfeu: "Somente as rugas podem trazer algumas respostas".

E eis que a noite, que sabe namorar o mistério como ninguém, reservou-lhe outra visita. Batendo à porta sete vezes, escutou uma voz clemente que chamava por seu nome. O Tempo já havia feito seu trabalho. Quem seria, pois, que lhe reclamava assalto?

— Quem és, sendo aqui a esta hora, tarde, como a tarde que já se foi embora?

— Deus.

— Então existes?

— Você quem decide.

— O que queres de mim?

— De ti, nada. E você? O que queres de mim? Alguma resposta sem fim?

Silêncio no tempo. Viagem ao centro de si. Correu a memória de sua trajetória e toda pressa na busca da calma. Agora, enfim, o silêncio no tempo não lhe era um algoz feroz. Era a calmaria que fazia com que não sem importasse para qual lado corria o riacho. Respondeu devagar:

— De Ti, também nada.

— Então estás pronto.

E Deus estendeu-lhe as mãos. Não olhou para lado, nem para o riacho parado, nem para o espelho, e tudo estava calado. Agarrou a mão divina e, calmo, sentiu que seu corpo já não pesava, nem as inquietações tatuadas nele via afora. A estranha consciência de se saber tudo, a santa certeza do nada.

Meu pai era um homem cumpridor, ordeiro, positivo. Calçava um sorriso para gente desconhecida. Passava um café como quem passa a alma a limpo. Tinha sernpre um afago no bolso para os três filhos. Lustrava seu carro como se fosse para venda. Nossa mãe era quem regia, mas ele nunca desafinava. Mas aconteceu que, certo dia, deu pra escrever. Era sério. Encomendou escrivaninha, luminária e cadeira com conforto de abraço. Toda fabricada para durar uns vinte ou trinta anos segurando o suor de seus braços. Deixou o pão por conta dos filhos – ele que nunca vadiava nessa tarefa sagrada. Nosso pai nada dizia. Só encalçou um chinelo velho para ficar mais à vontade. Trancou-se no quarto de cima, talvez para ter vista melhor da vida.

Minha mãe não esbravejou, mas deu sentença: "Cê sai ou cê fique, mas me diga". Nosso pai não deu resposta. Caminhou sem passo de bêbado, deu tempo só de dizer: "Pai, o Senhor me leva junto dessa sua mesa?". Ele somente voltou o olhar para mim e deu-me sinal de bença e, com as mãos, sinalizou-me uma saída. Minha Mãe, parada, esperava assunto, mas, o som das teclas responderam por ele. Nosso pai não voltou. Mas ele não tinha ido a parte alguma. E era estranho estar tão longe e, ainda assim, ouvir o som de sua respiração. Só executava esse invento de permanecer entre as margens das folhas, sem delas nunca mais sair. O estranhamento deu para correr a vento de pipa. Os parentes, os vizinhos e os conhecidos reuniam-se na sala debaixo para sentenciar a solução.

Nossa mãe, embaraçosa, portou-se com muito acatamento, e as visitas evitavam iluminar o fato: ficou aluado. O falatório ganhou a manchete das bocas – dos mais próximos aos curiosos de pouco laço de sangue, contando que nosso pai nunca nascia do quarto, nem para tomar fôlego, nem de dia, nem de noite, solto e solitário entre o abecedário. Então nossa mãe concluiu que a merenda que tivesse escondido no quarto consumia-se: ou abria a porta e arrependia-se, e ia pôr ordem a casa, ou desencorpava de fome.

No que num engano. Eu mesmo cumpria a missão de furtar alguma sobra para abastecer o corpo do pai presente e ausente. Bati a primeira vez e o silêncio só encontrava parada no som das teclas da velha máquina de escrever. Ouviu-me, não passeou para cá, não deu sinal. Não ia abrir a porta. Tive que opor jura das sagradas. Batia três vezes e só quando o som dos pés estava na escada de ferro, ele botava a mão para fora. Nossa mãe fazia de despercebida.

Mandou vir nosso tio para ajudar na casa, o padre, o pastor, o homem da ciência da cabeça e até dois soldados com missão de desatar uma desistência. De nada adiantou.

Nosso pai parecia imerso num rio, com canoa feita à mão, para resistir às tempestades mais severas dos rogados persistentes por certas folhas de calendário.

Tivemos que nos acostumar com aquilo. Mas, na verdade que me cabe de contador, jamais se foi de assentar sossego. O que encucava era como suportava a solidão das teclas; ou seriam elas companhia? Fazia água ou calor, frio ou notícia de falecimento, só com a máquina de escrever se bastava-lhe o tempo. E o tempo corria com os números – e ele sem fazer conta do viver.

Nossa irmã casou e nossa mãe não quis festa. A gente ali, imaginando-o com o sorriso dado, entrando na igreja... E as folhas do calendário foram constituindo túmulo silencioso sobre sua imagem. Poderia alguém a ele reconhecer? De barba longa, dentes lameados, unhas grandes, mal e magro... Pensava eles nos filhos e na mulher? Alguns conhecidos achavam que eu ia me parecendo com ele, mas não me intentava se era elogio ou desavença. Eu, de cá, vivia sem saber se o amava ou bebia um copo de cólera pela sina de, ainda sim, manter uma brasa de esperança.

Minha irmã mudou-se com o esposo. Meu irmão foi fazer negócios na capital. Minha mãe, velha, quase não falava, sobre ele ou sobre nada. De mim, sou homem de tristes e velhas palavras. Talvez por encafifar sempre uma culpa sem motivo. E a idade já me tingia os cabelos e a vida era só demoramento.

Acostumei-me, no silêncio, tentar perceber as teclas. O som da certeza que, contra tudo, ainda lutava e vivia o velho pai. O que ele escrevia? Quantas folhas tinha? Biografia de uma vida mal escrita? Contos fantásticos? De quem? Ou como? Ele, que nunca deu sinal de sabedença de letras. Não pensava na condenação do filho mais velho? Preso em casa para nunca mais sair. Meu mundo era imaginar o fardo que desconhecia. Seria desígnio do Alto? Seria só despirote? ... Palavra banida do vocabulário da família. E os anos pareciam um rio na cheia, carregando tudo, principalmente o que sobrava da minha vida.

Do nada. Do nada! Do lado do desespero ou da redenção, cheguei na porta – ou na lápide –, sabe-se lá. Bati com força pela primeira vez, todo estorvado. Disse com o que me dispunha: "Pai, o senhor está velho, já fez seu cado. Agora venha, não há mais precisança, e se o senhor me permitir, tomo seu lugar na cadeira". E assim falando, meu coração bateu com o acerto do filho de seguir destinos traçados (por quem?).

A porta estava aberta. Pela primeira vez aberta para algum desencontro. O medo era do tamanho de um gigante. Não sei se rangeu a porta ou rangeram meus dentes, coisa de quem sente... Uma névoa parecia maltratar os olhos, ou era poeira que os chicoteavam...

À medida que a luz nascia, vi meu pai estirado no tatame do cimento cru. Estava morto e quase morro eu de espanto porque vi sua alma alva levantar-se da cadeira, abrir a janela e, sem aceno, nadar no infinito. Eu vi o grito, mas segurei aqui comigo, contido. Uma chuva de pensamentos trovejava na cabeça que me sobrava. Era ele, deitado de frente para a mesa. E quanto tempo houve de ter passado? Não ensaiei revista ou despedida. Fechei a porta, talvez para sempre. Caminhei a passo de borboleta, arredei a cadeira e o sucedi na mesa.

Os olhos não batiam no compasso do raciocínio. Só havia uma folha na velha máquina de escrever. Em branco. Fiz os olhos dançarem no recinto com precisão de gavião procurando presa. Não havia mais nenhum pedaço de papel sequer. Era essa a herança que me cabia? Uma folha em branco? Levantei como rinoceronte. Tirei a folha da máquina. Amassei como se tivesse martelo nos dedos. Tropecei em tantos Porquês que meus dedos sangraram. Tranquei a porta e engoli a chave. Para agora, o nunca mais era um bom tempo.

Sofri o grave frio dos medos. Adoeci. Ninguém saberia mais dele ou de sua não obra, ou a obra era só me colocar no lugar dele? Estão certos os pais que dirigem à mão de fogo os destinos dos filhos? Sou homem depois desse desacerto? Sou o que não fui e vou permanecer calado. Ilhado pela lembrança de quem não sabe se falhou ou se foi falhado. Meu pai permaneceu na Terceira Margem da Folha, além da frente e do verso, perdido no tempo das rimas imateriais. Eu não pude vê-las, essas, que me cabiam. E agora o que me sobra é só a sombra do intento de quem não tentou escrevê-las, por não saber o que diria. E quem sabe?

Tudo que ilumina nem sempre brilha. Santiago vestia seu pijama-esperança nas andanças noturnas com sua pequena lanterna. Mas o pó da terra do quintal parecia não abençoar a sina recebida em maldição. A desolação de quem procura, no escuro, seu futuro, feito gente que ainda não é. Feito barro esperando modelo, procurar-se, procurar-se, procurar-se...

Santiago, ainda menino, quando os sonhos do mundo eram todos possíveis, listou em tinta e papel todos os seus pretensos Eus. Sete Meninos e sete destinos, qualquer deles, santos como a luz do dia. Essas escolhas de criança, paridos na bonança da alma limpa e longe das convenções humanas, que vivem a dizer o que é digno, sério, seguro e rentável.

Como toda alma diligente e precavida, como ali residia a herança de seu futuro, pensou em como fazem mais os mais astutos, "Ninguém há de tirar Eu de mim". Dobrou o papel-alma sete vezes, beijou-lhe como quem beija deuses, colocou-lhe como quem coloca um filho para dormir no berço dentro de adereço de sacola e caixa de papel, e enterrou seu tesouro no quintal de casa em lugar que só ele podia encontrar.

Mas as pedras do caminho, que chegam a todos de forma diferente, e às vezes fazem gente, às vezes descrentes de vitória, caíram sobre sua cabeça em estória doída, contada em uma linha: queda no cimento das ruas, cabeça contra o piso, e, mais do que o sangue, a memória escorria pelo chão. Eis aí a maldição que havia de quebrar...

E o milagre divino, que não se mostra claro como tal e exige contraprestação, legou a ele, ao menos, a lembrança da lista enterrada n'algum sítio sob o chão do esquecimento.

Por isso a sina da lanterna que ilumina, mas não brilha seus olhos. Porque, de buraco em buraco, a caixa de papel que continha seu céu particular não era revelada, não lhe acariciava os olhos do espírito. E quem quer viver sem sua alma? Ele, com nome de santo, perdido no limbo do esquecimento, não Se amanhecia nunca. "Ó, Deus, tenha piedade de quem procura por seus destinos de menino", rezava enquanto molhava o pijama de suor. Ele, homem já de pelos, vivendo hoje para procurar o ontem, que era seu amanhã, e estava ficando tarde...

Uma noite, sua mãe aportou como náufrago na porta; ela, que nunca fazia sala para a madrugada, viu o filho no quintal a fazer e a cobrir buracos. Esperou que a percebesse, porque não queria assustá-lo, embora tivesse vestida de espanto e curiosidade.

— O que fazes aqui, Santiago? O menino perdeu também o juízo da lamparina da razão no dia em que caiu no chão?

— Não, Mãe. Ao contrário, fez-me são. Porque só a mente sã procura o amanhã que cabe a cada um. Se o entendimento não encontrou parada, a melodia de súplica e verdade pariu mais algum diálogo.

— Mas é tarde, filho.

— Sim, Mãe, é tarde. O tempo não é amigo dos que não sabem seu destino e esse quintal é um enorme deserto.

— Venha aqui perto.

E ela pediu a ele que contasse essa lenda pessoal que buscava. E como somente as mulheres que levam em si o divino feminino, que é sobretudo Mãe, emprestou seus ouvidos ao tempo e à boca de seu filho, por mais que o entendimento fosse coisa rara naquele momento. Ouviu um canto triste, ao que parecia, mas revestido de esperança, ainda que tardia.

— Não posso dar caminho à minha vida, Mãe, porque meus pés têm raízes profundas na areia da dúvida.

Escutou ali não o filho, mas o espírito que habitava aquele modelo de carne. Silenciou por um tempo, como quem procura a ajuda dos céus, porque as mães sempre recebem uma colher a mais do Amor Divino para cumprir a vigília eterna por seus filhos, e se não têm resposta, ao menos, e para sempre, têm abrigo. Mas como palavras que moram no vento, disse quase sem perceber, salvando em glória a estória que agora chega em contento:

— "Filho, tem que cavar dentro do peito".

Pela terceira noite seguida, brilhava em sua mente dormente a mesma cena pintada em tecnicolor agudo: a Benzedeira cavalgava uma nuvem, com seus cabelos compridos e cinzas esbaforidos ao vento, com sua mão direita estendida, muda, estática, como se fosse fácil andar nos céus, e vinha até ele e tirava sete lenços amarrados em seu pescoço. Era isso. Pouco e tanto, tanto e pouco. Não sabia se a cama estremecia ou se era o sentimento a lhe balançar o corpo trêmulo. Presságio ou devaneio? O que veio?

Sabia-se alma mais que gente e talvez por isso o sonho, sente. Místico de patuá, mantra, missa, terreiro e o que Deus dará. Oxalá! Não queria ficar fora do Paraíso prometido por detalhes técnicos e, assim, o entalhe de tantos credos; credo em cruz não alcançar alguma luz! Presságio ou devaneio? O que veio? Pouco importa se, iria ele, fazer a santa hora em que os mistérios são desvendados. Olhos fechados para o sonho em tríade? Nunca passou pela cabeça do crente!

Iria até a benzedeira, contar narrativa e pedir explicações. Não há oculto que resista ao culto.

Não conseguiu tecer palavras à mulher amada, que passava o café com alguma falta de fé ao ato. Vestiu roupa branca, saiu pela porta como se o tempo lhe faltasse ar, não sem voltar, entrar na casa novamente, fazer um credo e pisar com o pé direito na escada de cimento batido, batido pelo compasso dos passos que dele fez uso. Caminhos no escuro? Não. Haveria cuidado até a casa da velha senhora, para criar a santa hora em que os mistérios são desvendados.

Foi cumprimentado pelo fazedor de pães, pelo guarda e pelo vizinho que colocava água para os cães. Não conseguiu ensaiar retorno. As palavras morriam no pescoço, sem tomar forma na língua seca. Presságio ou devaneio? "Prudente alimentar as pernas", pensou. E não se demorou até o bairro vizinho, que era pobre como um Francisco, mas havia pipas no céu desfazendo a crença de que bonança é bolsa cheia de moedas. Chegou ao no fim do morro, onde morria a rua, na casa sem números de contar. Já mal conseguia respirar.

Como lhe era difícil chamar pelo nome, bateu sete palmas cabalísticas para anunciar a vinda de quem finda uma procura. Faltavam apenas as respostas, a benção para maldição, o desatar dos nós para quem caminha só, sem saber daquela sina. Presságio ou devaneio? Era por isso que veio.

As imagens dos santos à frente da casinha, mudas, não respondiam aos apelos. A fala, na boca seca, traía o movimento do corpo aguado pela espera. Não sabia se entrava ou se acendia vela para o peticionamento da presença da Benzedeira no portão que fosse. Havia uma foice na garganta do pedinte, contando o tempo para lavrar a sangue o campo do corpo, em seu ofício de corvo. Foi uma vizinha que disse: "Dona Elaine morreu, fio. Três dias atrás, nem tanto tempo faz".

Sentou-se ao chão, mas chorou apenas água e sal. Faltavam as palavras, a esperança, o ar para a vida que se esvaía no porquê do entendimento das coisas que não tem o tem. Quando morria pela boca sem respiração, viu sair da casa a Benzedeira, em nuvem, os cabelos místicos de bruxa, a mão levantada... Coçou os olhos. Era miragem a parada dos olhos? A imagem sumiu; quem viu, viu. Havia, em seu lugar, uma criança preta, menina de uns 9 anos, com sorriso disfarçado em rosto sereno demais para a idade.

Caminhou até ele em pés seguros, como se previsse o futuro. Disse em voz de ternura:

— Sou neta da Elaine. Fiquei aqui quando ela se foi, mas ela nunca me deixa. Me ensinou a benzê os vivente e os morridos. Tô vendo aqui amarrado. Ah, meu filho, esse é Vento Virado, um perigo danado!

Virou o resto de gente afogado em palavras em direção ao Sol, colocou-o com os braços abertos nas pilastras do portão escancarado, ele de fora, ela de dentro. Viu-a fechar os olhos e acompanhou-a no gesto não sem antes ter a impressão de ver uma velha atrás dela. Mas não forçou a vista, porque agora só lhe importava apenas o crer. Ouviu como canção:

"— Grande Nome de Jesus, Maria e José, São Romão, Três Reis Santos em comunhão

Compadece de quem virou do avesso no vento

Do ar, do sol, da lua, das estrela, do tempo

Quando Cristo andou pelo mundo ele fez o primeiro milagre

Curou o cego, o aleijado, o paralítico, o surdo, e fez o morto andá

Quem há de duvidá?

Santa Iria tinha três filha: uma lavava, outra cosia e outra pela fonte ia.

Perguntou à Santa Maria: Vento Virado, com que curaria?

Com um Padre Nosso e sete Ave-Maria".

— Reza agora comigo, filho. Padre Nosso...

Enquanto rezava as sete Aves Maria, puxou da garganta do moço sete lenços materializados, o último com sangue. E ele, então, inspirou com força de nascituro vindo ao mundo, como se não respirasse fizesse tempo, aos berros.

— Vento Virado sopra dentro da gente, fazendo, sem achar saída, vendaval na vida. Embaralha os pensamento, deixa a gente mudo de contentamento. Sopra tanto que pode te levar para o céu do jeito errado. Mas veja você, foi curado. Não agradeça a quem não fez nada por ti. O caminhar já é seguro, só não ande pelo escuro. Eu fico aqui, não porque escolhi, porque fui escolhida. Vai, filho...

Agora já não disse uma palavra porque não lhe cabia, não porque lhe minguava a língua. Desceu a rua no mesmo silêncio que se fazia por dentro. Inspirava o ar, inspirava toda aquela situação, respirava a reflexão. Crendice ou tolice, presságio ou devaneio? Não importava, porque veio.

A confusão do dia a dia, essa senhora dos destinos: um corpo caído na calçada defronte a um alto edifício. Quebra-cabeça difícil, que uma procissão de curiosos como formigas em trabalho dava-se o trabalho de procurar intento em olhar, com descontentamento e espanto mórbido, o homem que encerrou sua caminhada nas bordas de uma calçada qualquer.

Não havia sangue, mas seus olhos, abertos, diziam da tristeza que golpeou o coração e abriu contagem para ver se levantava. Não pôde fazê-lo, com esforço e com zelo, e por isso tinha ali a campa a perder calor. Ao seu lado, uma folha de papel caída. Para toda vida, um fim. Para cada morte, um jardim.

Os corvos que o rodeavam, apressavam seus julgamentos fortes sobre a *causa mortis*. Um abaixou-se, pôs o ouvido no peito e sentenciou: "É falecido, de fato. Só o fato não é esclarecido". As sirenes anunciavam um possível fechar das cortinas para o circo fúnebre, mas os cochichos quase incomodavam o morto. "Teria sido infarto?". "Seria alguém farto da vida?" E a caravana perante o desconhecido trotava sua marcha até que os homens da lei pudessem dar a ele alguma proteção e dignidade. Do outro lado da rua, uma senhora sentada em cadeira de rodas acenava e gritava palavras que se perdiam nos ruídos das avenidas vivas, velando displicentemente o morto.

    Chegaram duas ou três autoridades acostumadas com os tristes mistérios da humanidade. Tomaram nota de alguns notáveis que garantiam, todos eles, serem os primeiros a chegarem ao sítio, mas nada de explícito puderam dizer. À sombra do prédio, um homem morto, uma folha de papel ao seu lado e o séquito que se formara.

    Como nada falaram que pudesse esclarecer a situação, já se preparavam para embalar aquilo que nos sobra na hora derradeira e marcada quando, a custo de uma tempestade de buzinadas, a velha senhora que estava do outro lado da calçada, ignorou a serpente de carros e sua feroz picada para ir falar com os policiais sobre os ais e porquês da cena narrada. Chegou afoita e afônica, e quase não lhe perguntaram a graça, julgando-a louca desvairada.

    — Não se enganem com as pernas de ferro que me trazem aqui agora, com cabelos arredios aos pentes, trajes físicos amarrotado pelo tempo e a aparência desoladora. Dessa morte, sou espectadora!

    — No que pode ajudar a anciã apressada se essa morte não foi matada?

    — Os olhos velhos, que já viram tudo o que o mundo apresenta, senta, senta, que a estória é para os crentes!

—Como se não tivessem outra alternativa ao pedido, por ofício do compromisso legal, tomaram bloco de notas ainda que sem sinal de vontade para ouvir a fala lenta, mas que rogava propriedade:

—Do lado de lá da calçada, sentada, como todo velho a esperar o passar do tempo, que é lento na minha idade, ia vendo a cidade, imaginando as vidas por trás dos ternos e expressões faciais variadas. Vi o distinto cavaleiro a passos calmos, talvez por caminhar para seu destino, agora findo. Meus olhos perderam-se dele por um instante, para ver, navegando pelos ares, uma folha de papel que caía devagar, num valsar constante, lento, leve e de belo gingado, atirado de alguma janela do edifício.

—Minha senhora, a hora nos compromete. Pode dar fim a sua exegese?

—Sim! Eis que, por espanto, sincronizado entre o tempo e o encanto, deu-se que a folha de papel encerrou a sua bela descida justamente na frente do vivente, que dela não se deu conta. Do encontro, um barulho seco, e como bêbado fosse, cambaleou para a vala que vida lhe reservou.

—Ora, não se brinca com nenhum passamento! Senão é crime, é desdém, coisa amarga. Quer dizer a senhora que a folha de papel transformou este homem em alma?

— Eu não sei, meu filho, mas foi o que vi. Se minha fala é desafiadora, como dito, sou só a espectadora.

Alguns segundos em que ninguém se falou, ninguém se mexeu, engessados pelo assombro, pela dúvida e pelo raciocínio, que colapsou com a fala da senhora. O policial, então, tomou a iniciativa que ninguém até então presumira:

pegou a folha e, lendo-a, buscou explicação para o que estava vendo. Espantou-se, como se alguma verdade ali morasse. Buscou a velha no olhar afoito e a ela balançou a cabeça afirmativamente, como se desse razão ao mistério, desvendando-o, dando nomes aos bois... Era uma das coisas mais pesadas que a vida oferece, uma Carta de Despedida de um Amor que se foi.

Meu nome, esqueci no banco de uma praça, sem graça. Não tinha pássaros, não tinha passos. O pipoqueiro, um senhor suado, ensaiava o espanto de quem há tanto não via um vivente:

— Há um século não vendo nada. Tome aqui um agrado, não agradeça, não é de bom grado, que pipoca, sozinho em praça, só se mastiga a tristeza, doce ou salgada.

Sentei sentindo pressentimentos, coisa do destino ou culpa mesmo? Três ou quatro mastigadas, boca adentro, e os pensamentos vomitaram descontentamentos. Uma pipoca chamei de Dúvida, a outra, Arrependimento. A mais doída, aquela que desceu arranhando corpo, amargando a boca, sangrando as vísceras que me compõem, a mais difícil de engolir, chamei, porque esse era seu nome, de Verdade.

O Pipoqueiro observava a obra. Parecia pobre, mas não o era. Parecia um nobre, e quem me dera saber se sábio ou se assecla de estranha seita. Estava sério, sentado em banco próximo, como se soubesse, exato, do próximo ato. Levantei-me entre o engasgo e a fala gaga: "Onde estou? Que lugar é esse que não pertence a lugar algum? O que me deste que me fizeste nu? Porque o relógio da praça não trabalha a graça de contar as horas desta demora?".

Aproximou-se com máximo cuidado, o passo entre a pressa e a lentidão, a boca entreaberta, como se trouxesse o ar de alguma explicação, em vão. Era ele o anjo da desilusão? Aquele que forja, com esmero, o espelho de nos vermos? Agachou-se defronte minha fronte, em seu verbo, destituído de dor ou felicitação, só o hálito de quem não tinha o hábito daquela conversação:

— Eu estou aqui há tantas eras... Não me deram calendários para contar meus sofrimentos, não me deram bússolas, velas ou ventos, meus mapas só me levaram para dentro. Cheguei aqui quando, perdido nas vias e nas veias da minha vida, quis pensar por um momento, dei nessa praça, sem graça, sem pássaros ou passos. Um pipoqueiro, um senhor suado, cumprimentou-me com entusiasmo, deu-me pipoca de graça e o tempo para ruminar pensamentos.

Parou por um instante. Olhou para o lado, um olhar demorado, um olhar estranhamente maduro para um pipoqueiro, um olhar trabalhado pelo tempo:

— Depois de me fazer as mesmas perguntas que gritastes agora aos ares, o pipoqueiro repetiu o que dito agora por mim foi a ti. O eterno retorno, contorno das vidas divididas entre as dúvidas e as dívidas. Disse-me que já era hora de ir, e maturado pelas rugas da reflexão, tomou em suas mãos este avental de pipoqueiro e estendeu-o a mim, como agora entrego a você.

Uma turba de ideias turvava a visão, um turbilhão. Era isso, então?

— E se eu não quiser aceitá-lo? E se não me couber no corpo que não esperava esta confissão?

— Amigo, não sei se há abrigo nessa decisão, se essa escolha não te encolha a ponto de não achar a saída desta praça sem graça, que é para dentro, hoje eu sei, pelo tempo em que aqui fiquei.

Entregue à trama daquela fortuna, as veias pulsavam no impulso (in)consciente de receber o fato estendido, como se escrito estivesse ou que preciso fosse. Os diálogos cessaram cedo, nos olhares, todo o enredo. Tomei o traje e como que vestindo a um padre, apresentei-me para a reza, rédea da récua, da carga que eu transportava em minha mente.

O senhor, desarmado e despido do terno de pipoqueiro, desapareceu na cerração sombria daquele terreiro, deixando-me só naquela praça sem graça, sem pássaros nem passos, só pensamentos revoltos pelo tempo. Mas sei que virá haver o dia de algum alguém almejando saber o que escondia, receber de minhas mãos o alimento da sabedoria.

Eu sei, virá, como aqui relatado neste conto, quando eu estiver pronto, e até esse momento, acolá, aqui e ali, minhas aliterações em um jardim, álibis de mim.

Existe algum tipo estranho de miséria em acordar e não arrumar a cama. Deitado entre o estrado e o telhado, movia qual tai chi o corpo sujo da noite de ontem. Cheiro seco da descrença e da bebida a fermentar os lençóis em que foi derramada. A miséria era humana, de quem desistiu do sol. Mas ele estava ali a açoitar a fronte de quem se esqueceu que o dia sempre sucede a noite, carrossel divino. Os olhos de corvo buscaram algo na janela com filigranas de poeira. Não havia nada além da manhã. A mesma besta manhã novamente.

Faltava-lhe um cado de calor, de mistério; faltava-lhe um amor, e ele no adultério de navegar os anos em águas rasas. A vida era uma Monalisa que nunca esboçava um sorriso, nunca passava um batom e que nunca havia mudado a postura. Estática em dura matemática de dois e dois sempre serem quatro. Perdido no quarto feito labirinto, e a mente, um minotauro.

Tomou as escadas, areias movediças em que precisava firmar alguma precisão nos movimentos. Não mão o cigarro era um adorno do tempo, distração incandescente ao homem que já não calculava o hábito. A viela, o cortiço, o aposentado cego, algumas putas tristes ainda a oferecerem seu trabalho, e o escárnio dos olhos que não mirava cena naquele quebra-cabeça cotidiano, montado pela mente acostumada a ele.

Passos lânguidos buscavam o bar em que gastava horas em troca de trocados. Nada de novo, nada que brilhasse. Seria a mesma besta manhã novamente, com ébrios disciplinados a tomarem a primeira dose antes das 10h. Os pobres pedindo copo de água da torneira sem se importarem com a sujeira do batom em sua borda. A horda dos presumíveis homens normais demais para merecerem mais do que meia dúzia de palavras. Língua seca de esperança de qualquer bonança que lhe surpreendesse olhos e ouvidos, tudo igual, nada fazia sentido.

Caminhava sem pressa para o açoite cotidiano da realidade. E com o vento que traz novidades, sem que lhe alcançasse a vista, pequena gente interrompeu-lhe a trilha. Trazia algo nas mãos, junto à fala insistente da voz infantil latente que lhe custava compreensão. Nada de novo a princípio, o precipício daqueles que o futuro não abençoará.

— Compra-me uma flor, tio.

Levou a mão como sinal de pare para não ter que negar a ajuda de forma clara. Tentou sair pelo lado. Não foi obstado, mas não deixou de ser questionado pelo olhar mudo, que buscou o solo como consolo. Tentou divisar alguma hiena que talvez explorasse aquela menina na triste sina de vender o que ninguém ali precisava. Seria mais fácil negar a súplica, vestir-lhe a túnica dos invisíveis. Mas lhe incomodou o silêncio que não insistiu nas palavras, não deu justificativas, não acusou a fome. E que direito tinha de usar um português correto naquilo que há mais de incorreto no mundo? Uma criança de pés sujos, não de brincar no barro, mas por não ter sapatos...

 O silêncio gritava enquanto percorria a vista no entorno. Buscava alguma explicação para a cabeça atordoada aparentemente sem motivo. Foi surpreendido. Tudo estava parado. Os carros, as pessoas, as aves, a fumaça do cigarro construindo estátuas no ar. Tentava cobrar da razão alguma explicação quando foi interrompido pela voz da menina:

 — Acontece de o tempo parar quando preciso.

 — Quem é você?! O que está acontecendo?!

 — Vendo flores, já esqueci meu nome nas esquinas. O que acontece é o que te digo: o tempo para quando preciso. Ontem mesmo, um josé qualquer só não foi atropelado porque o tempo parou para ele subir na calçada. Nem o motorista entendeu. Safou-se por um fio de bigode de gato.

 A interrogação já não lhe importava. O buraco do coelho em que caíra, onde quer que estivesse, não fazia conta de profundidade. Talvez habitasse o mundo dos sonhos, semimorto entre o estrado e o telhado. A pergunta já não lhe importava. Enfim, algum enigma que lhe esmagasse a rotina.

 — Não tenho dinheiro. Mas parece ser uma rosa roubada de qualquer jardim. Você não pagou por ela e não a cabe a mim fazê-lo. Nem sei se a quero, embora reconheça o esmero de seu desenho.

— Guarda alguma verdade seu sussurro. Mas veja, fique com ela. O tempo parou aqui, agora, porque há de ser sua em boa hora. Não se recusa bonança, ainda mais vestida de mistério.

Levou a mão para tê-la entre os dedos. Momento. Ao tocar-lhe o caule tudo voltou a andar no compasso de seus passos habituais. A menina sorrindo, a buzina, a fumaça indo devagar, o vendedor de balas pelas salas das ruas, tudo dançava em um caleidoscópio na mente como se realidade recobrasse a razão. Ter furado o indicador ao pegar a flor trouxe alguma sobriedade.

— Ei, o machucado, o sangue, isso tem algum sentido?

— Só saber-se vivo.

A criança leva o dedo à boca e chupa a pequena mina até parar. Então pergunta:

— Lembra-se?

Deu as costas. Não pensou em nada. Retomou as pegadas marcadas pelo cotidiano. Nas mãos, mais do que uma flor, todo um buquê de Porquês que ia despetalando pelo caminho. O bar, com seus quarenta anos descuidados, os ruidosos pedidos, os bêbados amigos sem se importarem com a bruta segunda, a pimenta no frasco, os vendedores no encalço dos transeuntes...

Beijava a desatenção ao estudar a flor para saber se mágica ou devaneio, quando, pelo vento, veio uma mulher que não se sentou e pediu um café. Olhou o rapaz pelos seus óculos redondos, como binóculos a aproximar a cena. Sorriu porque ele tinha uma rosa nas mãos em meio àquele ambiente manifestamente hostil a uma flor. Ele sorriu de volta, não explicou porque não tinha meios para tanto.

— Eu também tenho uma rosa aqui comigo. – E mostrou a tatuagem no antebraço direito.

— Essa talvez seja sua também, porque minha foi só de passagem. – Não pensou para falar, mas gostou da sonoridade do que brotou, feito planta do chão: com coragem.

Conversaram a ponto de esfriar o café. Saiu levando a rosa e ele, entre o balcão e o desejo de prosa, ávido, perguntou seu nome.

— Amanhã te conto!

A mesma manhã, o mesmo sol, e tudo diferente, diferente, diferente... Coisa de quem sente. Sentir faz sentido. Ainda mais para os esquecidos de que os sonhos acontecem na medida do impossível.

Não chorou quando nasceu. Não protestou à retirada do antro quente e sagrado nem aos tapas que levou e que mostraram, cedo, o que a vida lhe guardava. Não fez batalha contra as vozes estranhas no recinto. Não se recalcitrou contra o frio. Sentenciou o médico ao ver que respirava: "Ou é Mudo ou Conformado".

A infância foi como uma chuva fria que não cessa, dessas, dessas que nunca ganha a guerra. Molhou seu rosto e suas calças quantas vezes. Porque nunca, nunca, chegava-lhe o certo em tempo de dizê-lo, pensando sempre que as palavras mal ditas, serão sempre malditas. Esse era seu dicionário inteiro, páginas em branco escritas pelo silêncio. Não sabia confrontar quando confrontado; não sabia perguntar quando a dúvida o alcançava; não sabia dizer o desejado (e não que o desejo não estivesse em si coroado) e, por isso, não escolheu, foi escolhido, escondido no verbo sepultado. Ou era mudo ou conformado.

Amigos não fez, porque feitos de palavras são, trocadas. E aquela possível namorada, a única a distanciar-se dos riscos da rapaziada para com ele, a única a encontrar uma beleza estranha na calmaria em que conversas são desnecessárias, não recebeu resposta para o pedido por ela feito. Talvez efeito da surpresa ou defeito afônico da alma, sem recursos para a fala.

Os pais não compreendiam como aquele estudante brilhante, de notas homéricas, não se comunicava a contento da dimensão do que demonstrava. Escolheram suas roupas, seu café da manhã, e nunca souberam do que não gostava. Botaram-lhe uma gravata, queriam que fosse advogado, como o pai, mas justamente ele que nunca defendeu sua própria causa? Os juízes em tudo sentenciavam e, mudo ou conformado, um "obrigado" era tudo que que escutavam.

Escrever, escrevia, tanto que lhe sangravam as mãos. Mas o que ninguém soube, guardados nunca incautos, protegidos como fêmea parida, defendidos pelas mãos que diziam, ao menos, o sentimento ali traduzido. Certa vez, ao contrário do que podiam presumir as mais elementares convicções ao seu respeito, fez da sala arena greco-romana porque um colega havia tomado-lhe uma das folhas onde vivia seu pensamento. Seu rosto, campo minado, explodiu em sangue e inchaço, mas não antes de ter de volta em suas mãos aquele texto que, por pouco, não foi testamento.

A professora perguntou em desespero: "Por que não me chamou? Por que não pediu socorro?". Ele não respondeu.

Certa vez, o pai, gritante de uma vida toda (talvez desses equilíbrios que o universo proporciona em extremos opostos), estava a imputar-lhe culpa não devida. O jovem, navegando em olhos MARejados, abriu a boca para esculpir oração fina e afiada. A mãe, paralisada, pensou: "Desse sacode sairá palavras que não um 'obrigado', 'tudo bem', 'o que o Sr. preferir'".

Mas não! Aqui o intento estava apossado como um orixá em seu cavalo, queria rodar a roda, fazer-se individualidade, enfim, que já não cabia dentro de si. Mas se a ofegante respiração era sentida, as cordas vocais pareciam desafinadas, enferrujadas demais para a orquestra de sentimentos que queria estrear no palco da vida.

Seu rosto ganhou contornos do sangue concentrado na cabeça, uma erupção de palavras poderia varrer a terra dos vocábulos perdidos, mas que não eclodiam. Foi, ao que parece, perdendo ar. Da expectativa dos pais nascia a filha não desejada – preocupação – quando repentinamente começou o filho a regurgitar com violência pequenos pedaços do que não sabiam, envolvidos em sangue.

O pai quis ir ao seu encontro, mas as mãos, primeira manifestação de toda uma vida, pedia para que se afastasse e, assim, ao espanto da mãe, que chorava, cuspiu centenas, milhares desses pequenos troços enlameados de sangue. A Mãe, que já não sabia por onde sambar nessa avenida, tomou a iniciativa de pegar um dos fragmentos pelo chão buscando entender a situação, e não caiu porque não tinha direção, ao ver que se tratavam de pequenos pedaços de papéis em que se encontrava escrito: "NÃO!".

Não conseguiu chamar pelo marido, que a tudo presenciava, e que foi até ela pisando em vários deles pela sala, pousou ao seu lado, e com olhos de coruja, grandes, arregalados, partilhou da mesma sensação: espanto! Agora, o menino buscava respirar com mais dificuldade e a face, enegrecida, dispneia aguda, só não perdeu a consciência porque, enfiando os dedos na garganta, retirou uma folha inteira, arremessada ao chão. De sangue pareciam ser as letras em que se lia: "Papai Noel, santo natalino, na voz que um menino não conseguiu fazer nascer, queria, este Natal, aquele herói da TV (quem sabe para me fortalecer o querer), e um rádio para cantar por mim"...

O Fenômeno não cessou ali: outras cartas amareladas pelo tempo ou pelo vômito ou pelos dois:

"Caros colegas, como queria eu, em cada recreio, com vocês jogar bola, ser o camisa 9 artilheiro e"...

"Meu querido Avô, deixaste-me aqui para habitar outros mundos da existência. Saiba tu, meu avô, que era o único a entender o silêncio de minhas querências, que a falta, tua será sentida como"...

"Ana, no nome pequeno que carregas, ama até os solitários. Não esperava, nunca, qualquer demonstração desse amor que eu guardava como um sonho, e o assombro de tuas palavras fez secar as minhas. Mas saiba, Ana que...".

Muitas se sucederam. Uma vida ou uma morte redigida na voz que nunca ganhou corpo. A derradeira expulsa, espessa como um livro, fez-lhe estremecer o espectro magro, vez que não conseguia puxar-lhe pela traqueia, caindo então ao solo do mundo que nunca lhe foi casa. Os pais ajoelharam-se ao seu lado e morto estava.

Tiraram com algum custo de esforço, em lágrimas, os papéis do defunto que por eles falava. Abriram com a solenidade propícia ao momento e tudo que liam era sentimento:

"Meu Pai, não sabias tu, com os anos que te murcham a pele, que a sina dos filhos é romper com os tratados daqueles que os pariram? Muito embora me queira bem, não me queira como quer teu desejo. Não enforque o poeta com a gravata que se aperta cada vez mais pelo tempo em que se ela usa. Eu não sou você. Acolha a dança da minha alma ou lhe coloque uma navalha agora no pescoço, mas entenda que todo moço precisa abrir seu trilho, encontrar o estribilho da própria canção. Eu não sou você, mas também não tive forças para ser Eu mesmo. Eu, navegante das palavras, nunca achei um porto sequer para descê-las à terra. E esse pronome pessoal, agora, no exato momento em que deixo o mundo, já não me é tão útil. Mas quem sabe minhas palavras...". E prosseguia.

Nos papéis mundanos, nesses, que guardamos para atestar propriedades, pagamentos e promessas, desses burocráticos, demorados, insossos e de pouca poesia, mas este, ao menos, um atestado de óbito com viva verdade que dizia:

"Nem Mudo, nem Conformado, este viveu e morreu Engasgado".

Para Gustavo Henrique de Souza Martins

DE SÚBITO: um home triste vê-se lançado em um deserto, à noite, estranhamento e silêncio. Não há questionamentos sobre os Porquês infindáveis, apenas aceitação inofensiva. Não se cai em um deserto do nada: ou seria a morte ou seria propósito, ou seria um norte ou seria precipício. De qualquer forma, um Fim ou Início, e ambos encontram os homens nas horas determinadas e determinantes da estrada. Areia aos pés, vento e um objeto que brilha ao longe, mais do que as estrelas do firmamento. Encontro ou Encantamento?

Os olhos correram os lados do corpo trêmulo buscando identificar o inexplicável e, espanto, um amigo à sua direita, ao lado, na mesma posição de indagação. Ninguém ruminou perguntas porque as linhas nas testas franzidas eram confissão do desentendimento mútuo do onde e do porquê.

Era o deserto e era a noite, e era alguém ao seu lado, possivelmente porque também carecia da jornada. O homem observa melhor o companheiro no mar de areia e vento. Ele está desalinhado, roupas esfarrapadas, um velho habita seu jovem rosto. Ele também olha o observador com a mesma feição analítica, dos pés descalços ao cabelo. Não trocam impressões, apenas se reconhecem estando ali, milagre ou perdição. Aquele amigo, aquele velho amigo, e a retina a mostrá-lo tão decadente, eram o único presente naquele sítio atemporal: noite e areia e vento e um objeto a reluzir ao longe.

O labirinto do deserto não oferece muitos trajetos ou oferece todos. Mas a marca brilhante ao longe talvez seja o único caminho possível oferecido pelo inesperado e inóspito convite do inexplicável. Põem-se a marchar, vagarosamente, em direção à luz, não porque querem assim fazer, mas porque lhes pesa a vida e seus cortes. Passo lento que conduz, invariavelmente, ao pensamento, um duro refletir sobre a caminhada de suas próprias existências, as encruzilhadas, os riscos e as feridas.

É como se cada passo medisse o passado e as escolhas por um futuro. Eles sangram no caminhar e as lágrimas pesam um rio em seus rostos. Embora estejam lado a lado, estão sozinhos. O trajeto leva o curso da meditação de todas as suas vidas. É longo, profundo e a areia exige-lhes esforço. Eles sangram no caminhar e as lágrimas pesam um rio em seus rostos... Jesus não foi tentado no deserto?

Só quando chegam àquela estrela que brilhava ao longe conseguem divisá-la com precisão: era um espelho e o espanto nele refletido. O homem olha a si mesmo como nunca havia feito antes e vê-se longe das desculpas íntimas que vestia: estava tão decadente quanto via o amigo. Entendimento: longe do deserto de si jamais se reconheceria assim. Passado e presente refletidos.

E num clarão-rompante, o espelho passa a mostrar-lhes, a ambos, uma feição feliz de si mesmos, um futuro possível meditado na caminhada dos erros que sagravam e das lágrimas que pesavam um rio. As imagens de si mesmos, então, estendem-lhes os braços, um movimento que não faziam.

O homem quer – e como quer – abraçar a si mesmo, e quando, de braços igualmente estendidos, dá o passo para isso, DE SÚBITO acorda em sua cama como a despertar de um sonho. De olhos para o teto, pondera a misteriosa mensagem que lhe chega do reino mágico dos lugares impossíveis. Pensa metaforicamente sobre ela, mas, ao sentar-se no leito, percebe, sobre ele, areia, sangue e as marcas de um rio...

Olhos apreensivos. O desvivo não guardava paragem. Coadjuvante da própria morte. Porque todos na sala apostavam na vinda da mulher, mais formigantes do que a espera de entrada de noiva na igreja. Cochicho tinha que nem pé de vento em agosto. O morto também suava frio. Os sapatos lustrados apertavam-lhes os pés. A espera da Despedida, que se não acontecesse nem valia ter morrido.

Dizem que Dom Carmindo nascera com raízes no lugar dos pés. Só andava descalço. Ou reclamava ser filho primeiro da terra ou era necessitância de menino pobre mesmo. Mas é que batia pasto, batia bola e batia léguas em pele e unha. Botina tinha. Só não tinha necessidade. Como se toda a liberdade tivesse que ser pela poeira em seus dedos. Como se sapato fosse corda de enforcamento.

Nunca foi à missa. O pai, sistemático como gato e água, não queria desavença com Deus. Chamou Carmindo com trovão na garganta. Dessas de tipos antigos. Ali, a negociata tinha batido as botas há muito. Ou calçava ou a vara de marmelo era alistada. Apareceu de terno e descalços. Ficou com os olhos baixos porque deferência fazia sala ao velho pai. Sete varadas, veredas de sangue, nos pés, onde lhe doía mais. A mãe acenou uma revolta, mas o pai sabia o peso do martelo da mão. Nunca foi à reza, teu deus era a terra.

Os calos e os espinhos lapidaram-lhe as plantas dos pés e o edifício da alma. Fez-se forte para muito além dos dedos-juízes, e se não arrumou emprego tinha terra querendo enxada, e tinha gente que, mesmo descalço, era sério, e tinha gente que suou um império. Virou Dom, já não caçoavam dos dez dedos à vista e tinha muita bisca querendo roçá-los.

Com pés no chão, Dom Carmindo levantou voos: frequentou festanças, fez negócios, viajou lugares, sem caso com desconfianças fez-se respeitado, ou tolerado, ao menos. Porém um dia, quando o sol desfilava feito menina procurando casamento, Dom Carmindo sofreu uma vidência de deserto: Miraculosa. Não teve como camalear seu deslumbramento. Das cabrochas dessa ala era a mais radiante em prosa e verso. E avesso à figura construída em si mesmo, desfez-se, jogando-se, descalço, aos seus pés.

Mas como todo amor é jogo, Deva correu. Correu com os pés calçados, assustados com a figura bem-vestida e desprovida de teto de dedos. Havia ali impulso, susto e algum tanto de espanto. Contudo a curiosidade coçou tal qual bicho de pé. E esclarecida depois, como se manhã fizesse pouso na cabeça, descobriu quem era o jeca que se aproximara como caça. Não se desfez do intento do cabra, mas não se impressionou com as posses e com o que lhe compunha a lenda.

E o flerte andou como rio fundo, sem receio das curvas do caminho. Foi fazendo estrada. E descalço, como desmanda o figurino. E o tempo construiu uma impensada costumança. O banco da praça, tapete de flores, ouviu promessas de várias vidas. E quando a intenção desabrochou na voz embargada, recebeu como apelo:

— Tem que pedir meu pai primeiro, CALÇADO.

Carmindo tropeçou nas palavras, sentiu-se ofendido. O aceite era para o todo! Seria vergonha escondida debaixo da saia? Saiu sem cuspir adeus. Andou, descalço, por muitas noites, à procura de terra firme para a cabeça. E entre a ida e a volta havia muita balança pra pesar os Comos e os Porquês.

Uma tarde, dessas de vento-entorta-tudo, apareceu, não sisudo, mas com veias de decidido, na esquina da casa de Deva. Ela, no ritual mais santo – sentada na porta de casa a despedir do dia –, viu de longe a figura de seus sonhos. Ensaiou um susto. Viu-o caminhar com dificuldade, como se cada passo estivesse a levantar uma montanha de orgulho.

Parado na porta, pediu para chamar o pai, que quentava o banho. Não se falaram, mas os sapatos brilhosos nos pés do descalçado da vida apontavam o rumo de seu futuro.

Da casa de Carmindo, tenda viu-se armada, porque na igreja não entrava. Foram felizes, roçando os pés deitados na cama de sonhos. Escreveram páginas da vida, entre risos e brigas. Fizeram filhos. Muitos. A cada deles, Carmindo dizia:

— Tá vendo, nasce descalço!

Mas eis que os anos, mais do que bentos, foram tiranos. E Deva descobriu que o santo tinha pés de barro. Pés que corriam atrás de outros pés, que não os de Deva. Ruíram-se. O encantamento saiu para caminhar com o vento e nunca voltou. Carmindo choveu remorsos que lavavam seus pés. Deva perdeu a fé.

    A partir dali a caminhada foi vacilante. Entre copos e corpos, Carmindo cambaleava. Nunca mais se viram. As batatas da perna enrijeceram pela culpa e nem o chão tocavam mais. Dizem que foi o adeus de seu Deus: a terra. E a morte serviu-lhe uma bebida.

    No velório, o cochicho ainda: mais do que pé de vento em agosto. O morto, ora levantava a cabeça, ora sentava alguns minutos a espiar a porta, e todos sabiam do que se tratava: Ela iria? O enterro marcado para as 16h, se me lembro bem. Os senhores davam corda nos relógios para não perderem a hora enquanto apostavam na chegada ou na ausência premeditada. Não foi. Cansada das mancadas dos pés dele, descalços de fidelidade. Dezesseis horas. O defunto levanta-se, olha pela porta pela última vez, um olhar de século... Retira os sapatos de seus pés agora azulados. Encena um suspiro. Chora sangue dos erros cometidos. Diz: "Faça o que se deve". Deita novamente, fecha os olhos, descalço, só a culpa em seu encalço, e vai, sozinho, encarar caminhadas em outras Terras, enquanto esta terra daqui recebe, enfim e por fim, os pés que tanto conhecia.

Turvas as águas que faziam valsar a canoa. Turvas como tudo que é incerto, turvas como são as curvas mais agudas na estrada que é a vida. Essas curvas decisivas, ou que se vem bem o futuro, ou morto ele, num acidente escuro, porque ela, a vida, é bela e frágil e quebradiça, como uma taça de cristal. Pegara a canoa enquanto o pai sonhava o álcool que lhe adormecera. Não sabia bem nadar, mas queria enfrentar, em algum espectro de autoafirmação perante ela, a vida, o medo que sempre nos impede de avançar. E agora, agora, rodava nas correntezas do destino, e, abaixo, as águas turvas a dizer: "O que será, menino?".

As águas arrancaram-lhe o remo, a fé, e a certezas que briavam tão forte naquela decisão de adentrar ao incerto. Descia, rápida, a canoa velha de madeira, e havia uma pedra no meio do caminho, no meio do caminho havia uma pedra. Essa pedra desafiava o rio e as águas que a agrediam, forte, para fazê-la desaparecer. Exercício de séculos, porém o rio, ele é paciente, mas não gentil.

O pequeno barco lambeu sua borda no lodo que vestia a pedra e os olhos do menino foram turvando a visão à medida que seu corpo descia estranhamente leve na gravidade relativizada que as águas têm. Havia, dentro dele, um duelo, do instinto de sobrevivência, e uma querência de permanecer ali, na suave nave hídrica que o conduzia... afinal, sempre teve orgulho de nunca ter esquivado-se de suas culpas. O Horror e a Calma abraçando-se, amizade estranha antes não vista por qualquer especialista ou mente humana.

Desceu, desceu, desceu... O rio não parecia tão profundo e foi quase como chegar em outro mundo. Calculou o ar ainda nos pulmões e pensou consigo: "Agora sou parte do rio". E eis que, de súbito, começaram a aparecer, eles, animais que, por direito, chamavam o rio de casa, antes mesmo do nascimento do menino. Uma tartaruga idosa, um jacaré, peixes e muitos peixes, um sapo e ariranhas, sentando todos em volta do menino, que assistia, agora sim, com assombro: devaneios fúnebres?

Era uma assembleia. Estavam eles ali, em uma espécie de julgamento, aqueles que iriam decidir sua ventura. Foi colocado em uma cadeira moldada de barro e árvores tombadas nas águas, e no silêncio que cabia naquele momento ouviu, sim, ouviu, a abertura dos debates pela velha tartaruga:

— Eis o Homem! Que não pertence a estas águas e veio a este mundo com propósito que desconhecemos ou não entendemos. Este mundo estará pronto para ele? Devemos soltá-lo, como é tradição na Piracema, ou destiná-lo aqui à crucificação das águas pelo ato incauto?

Burburinho. Vozes sobrepostas tornando tudo incompreensível, até que a massa maciça das ariranhas bradou em uníssono o coro dos sedentos de sangue e justiça aquática, imperfeita, como também são os tribunais da terra firme:

— Que sua carne seja alimento para os bichos! Por que desceu a este mundo que não lhe pertencia?

As piranhas nadavam vociferando aplausos; outros, mais sensíveis, compadeciam-se do filhote de homem porque sabiam que a juventude é mais ousada do que sábia, é mais impulsiva do que prudente. Entre eles, o grande Jacaré, que assumiu a toga de um Procurador não eleito, mas necessário, para que uma mínima justiça fosse feita:

— Estamos aqui, todos, porque o menino deu-se ao rio. Escutamos todos os seus pensamentos: "Agora sou parte do rio". Foi ele quem convocou esta assembleia sem que soubesse, sem compreender ou mesmo entender as leis que aqui regem os destinos. À ânsia de sangue devemos preceder os justos costumes sob pena de nos igualarmos aos animais mais baixos que conhecemos: os homens.

O discurso casou impacto, percebendo-se um leve balançar da cabeça da Tartaruga que, presume-se, fosse a Juíza da causa. Mas as ariranhas e as piranhas faziam seu jogo político, tentando dissuadir os presentes, criando um clamor popular nascente ao cochicharem em cada ouvido: "Um homem a mais na Terra, um prejuízo para o rio, porque são eles que o destroem".

A turba serpenteava a fala pelo pedido de martírio do menino pelas águas. Alguns outros juntaram-se ao Jacaré e tentavam sobrepô-la dizendo que talvez fosse o contrário, que o menino se tornasse um defensor do rio, favorecendo a todos. A Tartaruga, então, levantou o que era um cajado ou um uma bengala, todos se calaram. Haveria uma sentença.

— Entre todos os erros há aqueles não intentados, os inconsequentes, e embora erro, é prudente que seja medido pela régua da clemência. Não há registro de que o filhote de homem tenha agredido este rio e os seus, bem como entregou-se a ele. Agora, a cruz da piedade deve ser suportada, principalmente por aqueles que, pela couraça dura que ostentam, possam fazer cumprir seus propósitos. Se queres salvar a criança, Jacaré, estaria disposto a levá-lo até a superfície?

Um aceno positivo de cabeça e cauda.

— Assim será feito.

O inconformismo não ditava as regras ali. A assembleia, milenar, era soberana. Saíram calados todos, embora alguns inconformados, porque nunca se agrada a todos. O Jacaré fez uma reverência à Tartaruga e levou um menino estupefato, não só por estar vivo debaixo das águas turvas, mas, sobretudo, pelo presenciado. Subiram devagar. O Jacaré acomodou o filhote de homem em uma coivara forte o bastante para não ceder à correnteza e depois parou a um metro do menino para olhá-lo. Um tiro foi ouvido.

O pai da criança percorria o leito do rio em profunda agonia e deparou-se com esta cena: um jacaré a um metro do filho, sobre um tronco de árvore próxima à margem do rio. A precisão da carabina atingiu exatamente entre os olhos do bicho e logo espalhou o sangue pelas águas, agora rubras, enquanto seu corpulento vulto afundava inerte.

As piranhas e ariranhas tiveram seu banquete em estranha justiça.

A tartaruga questionou seu ofício.

A Bondade nem sempre encontra agradecimentos.

As coisas podem não ser como as vemos.

Nesse Jogo de Culpas, a quem cabe a absolvição ou o martírio? Ao Pai, que se embebedou e não viu o filho entrar na canoa? Ao Filho, pela irresponsabilidade do ato? À Tartaruga, que concedeu o indulto? Ao Jacaré, que não tinha a obrigação da advocacia por um desconhecido? Ao Pai, que presencia uma cena sem compreendê-la?

Nesse Jogo de Culpas caminham os seres, entre acertos e falhas, coisas de almas. E como nos são difíceis o peso e as medidas! As águas são turvas como os olhos dos bichos e dos homens e dos crivos. E a pergunta que nos resta: qual a régua de Deus?